我的赞美诗

葛诗文 ◎ 著

长春出版社
全国百佳图书出版单位

图书在版编目(CIP)数据

我的赞美诗 / 葛诗文著. -- 长春：长春出版社,
2025.1. -- ISBN 978-7-5445-7626-0

Ⅰ.I227

中国国家版本馆CIP数据核字第2024AZ9930号

我的赞美诗

著　　者	葛诗文
责任编辑	朱　红
封面设计	宁荣刚

出版发行	长春出版社
总 编 室	0431-88563443
市场营销	0431-88561180
网络营销	0431-88587345
地　　址	吉林省长春市南关区长春大街309号
邮　　编	130041
网　　址	www.cccbs.net

制　　版	长春出版社美术设计制作中心
印　　刷	长春天行健印刷有限公司

开　　本	880mm×1230mm　1/32
字　　数	97千字
印　　张	7.5
版　　次	2025年1月第1版
印　　次	2025年1月第1次印刷
定　　价	49.80元

版权所有　盗版必究
如有图书质量问题，请联系印厂调换　　联系电话：0431-84485611

我的登泰游

诗眼源於诗外 文華自發文中

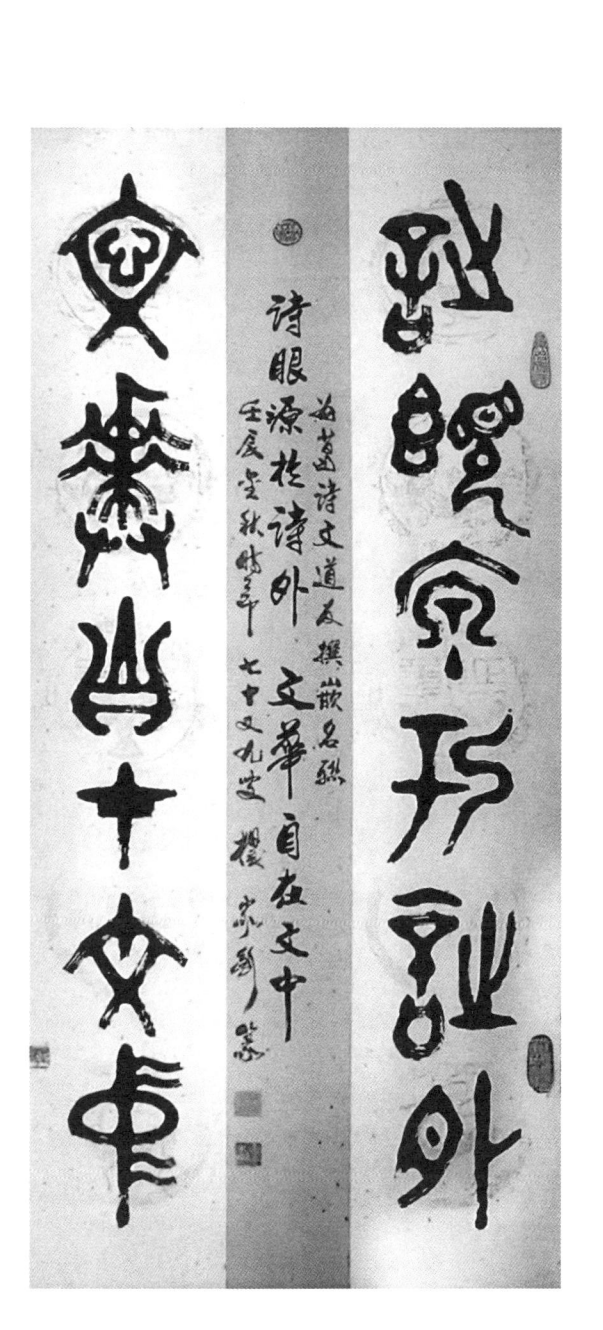

诗文道友撰嵌名联
壬辰宴秋晴三辛七十又九叟樸宋鹏繁

自序

心灵映月

这段时间,
似乎忙了些。
忙着应对和迎接,
忙着收割和打磨。
其实心里清楚,
那不过是经年的岁月,
凝结成圆润的红果,
根本不足以,
让生活变了法则。

一直盘算着,
要在中秋来临之际,
有所行动,
为母亲为家乡为祖国,
献上一首赞美的歌。
当然我也明白,
对于至亲的祖国,
以及并不遥远的家乡,
特别是年迈的母亲,
缺少了赞美是遗憾的。

但仅有赞美，
就如同歉收的庄稼，
辜负了难得的好时节。
你快看吧，
看看田间的成色，
看看壮阔的山河。
还有飘香的熏风，
从果园摘下串串音符，
轻轻拂面而过。
一切，
都那么的充实丰硕，
沉甸甸的获得感，
竟是如此的，
鼓胀而平和。
毫不夸张的说，
再没有任何事物，
能胜过这般奢侈了，
让人喜不胜收，
又显得诗意婆娑。
多么神奇的造化，

何等高贵的品格。
我的母亲啊,
我的家乡,
我的祖国!
当我领略这一切,
拥有这一切,
享受这一切,
面对苍天后土,
怎会不感慨良多。

如果,
我是一位诗人,
却把这一切忽略,
那简直不可理喻。
如果,
我是一名歌者,
却对这一切缄默,
那是多么大的过错。
我可以平凡,
也或许深刻,

但无论如何,
我不能目空一切,
却将这一切据为己有,
那样的贪婪难以理解。

曾几何时,
自己不知所以,
像个没有灵魂的躯壳。
甚至不懂得感恩,
不在乎承诺。
可是,
我的祖国大气磅礴,
我的家乡胸襟开阔,
更有我的母亲,
为了回馈家乡和祖国。
甘愿付出一生辛劳,
把我从苦难中托起,
使我在濒危中成活。
当千山万水远涉,
又风雨历程踏破,

才渐渐了悟,
祖国是伟大的,
从不介意我的渺小。
家乡是唯美的,
并不计较我的欠缺。
而我那善良的母亲啊,
总把无私放在心窝。
母亲,
你若地下有知,
就请代表家乡和祖国,
接纳儿子的一份寄托,
那里面,
装着一轮圆满的——
爱的明月!

目录

001　重复或者继续

002　母亲节，早安

004　那天晚上月亮被云层遮挡

005　春天里的阳光

006　一只手的生命力

009　我选母亲当劳模

012　老枪

017　革命人永远是年轻

021　流淌在心里的歌唱

023　党和我的亲娘

026　逐梦

037　窗内的花窗外的树

042　戊戌端午题吾母手杖

043　银辉染鬓边

045　丰收节

046　贺寿

047　好好学习，天天向上

049　雷鸣

052	妈妈的手
055	党心
056	誓言
057	新航程之大海的馈赠
064	君子之城
067	有文化的地图和地标
069	迎接夏至的我
071	女儿替我看世界
074	对收获的另一种诠释
076	偶然的遇见
080	今晚的月儿圆满甜蜜
082	看见每一种高考
085	中国海,在涨潮
088	不再是昨天
090	苦难,成就你新的一天
091	己亥五月初十晨
092	我的眼泪在燃烧
095	一条线和另一条线

097　这场雨并没有停息

098　心语

100　白头发飘起来

102　青春

104　诗意

105　酒和舌头关系如何

106　慎为善歌

108　醉者之意

111　失眠之夜

113　神秘大佛

114　壮哉秦俑

115　光亮躺在黑暗里

124　无题

126　门口在心口

127　游长城

129　长路长长

132　一座楼也就是几层楼

135　开始苏醒的人生

138　与山相遇

142　复以微笑

144　渡口

145　深入生活

148　自信展平一条路的肩膀

152　生活写给我的一组小诗

155　老师，你辛苦了

157　彼时此地

158　梦

159　梦你，情海之湾

162　知音

164　爱的感觉

165　定格

167　我被爱情深深刺痛

169　偶得

172　我也长春

173　我的鸟儿问答

176　梦里西班牙

179　为劳动的人民而歌

181　牵手

183　报纸读编剪传

190　特别快车

192　红辣椒

193　感叹

194　橄榄

196　露珠

198　苦夏

200　慈母颂

201　父亲临走，留下一把钥匙

207　等待你的消息

208　献给孩子和老人

211　给女儿的诗

213　"真珠"在我

214　向北回归

216　思想的沃野，精神的家园

重复或者继续

创造不一定都是新的
比如一个内容的不同演绎
或者一个逻辑的原点释义

可以是重复再重复自己
未必要继续再继续叹息
重复或者继续
原本同属一理
手足之谊无以复加
永远不会更改
——最喜偏安一隅

母亲节,早安

一份深切的怀念
像母亲一生从容平淡
你可知道
那其中富有多少蕴含

一个永远的命题
属于大地山川
当老人家的笑脸化作圆月
信仰的星空泪流满面
一棵初春的小草
站立在风中远眺
满身心的绿意盎然
能不能传递迟交的答卷

003

那天晚上月亮被云层遮挡

那天晚上月亮被云层遮挡,
她的颜容她的神情与目光。
那天晚上的云层好奇特啊,
为月亮蒙上面纱镶上镜框。

那天晚上月亮步履太匆忙,
我追逐月影寻觅逝去时光。
那天晚上的云层意蕴悠长,
簇拥我的月亮回到我故乡。

那天晚上月亮照进我心房,
她穿越记忆采撷满天星光。
那天晚上的云层浮想联翩,
笼罩失魂的夜色黯然神伤。

那天晚上月亮含笑拓慈祥,
我眼见圆缺变幻折射灵光。
那天晚上的云层尽述衷肠,
从此后我把忧思交付晨阳。

春天里的阳光

春天里的阳光
总要比无所不在的风
更具有普遍性
灵光乍现的大自然
与自然的从属物们
热烈相拥

再过两天
这里会下上一场透雨
从而,季节
将愈发生动
变得大汗淋漓

一只手的生命力

是的
你看到了
你看到了一只
青春的手
一只生命的手
一只
民族的手
是一只
仅存的一只
再仔细辨识
那难道不是
一次人类
最有力的呼吸?

什么叫作
最危险的时候
什么才是
血肉筑起的长城
你听那炮声
还离你远吗?

没有胆量
同样活不成

你看见的那只手
他的名字叫革命
革命的名字叫牺牲
牺牲？
你认得他？
你知道
他是人民的笔名？
可是那一只手
他在继续沉没
那大片的沼泽啊
怎么像恶魔一样
不睁眼睛
沼泽就是沼泽
张着大口的泥污
仿佛是大地河床
一道干渴的裂缝
简直灭绝人性

可是你
真的不能怪地

地
还有地的上空
你也不能怪天
要怪就怪
是谁
舍弃了万钧雷霆

那一只手啊
他不是要死
而是要活
他在最后关头
握住了
握住了人类的
觉醒!

我选母亲当劳模

劳模，劳模
听起来就像一首老歌
或浓或淡
生动地颂扬着
代代相传的美德
曲调当然优美
词句饱含和谐
谁要是有幸啊
戴上这只花环
那感觉一定不错
如果再剪切几个片段
写成光荣故事
说不定
还能感动万里山河

可是我的母亲
她只是平凡中的一个
早年付出的血汗
一点一滴
刻印着——

家乡的贫瘠和窘迫
她吃苦耐劳
锻造了坚韧的品格
她披肝沥胆
缝补起破落的生活
她把自己的命
系于整个家庭
再苦再累都值得
她用自己的爱
哺育一棵棵小树
浇水施肥
忘记了岁月

她从没得过任何荣誉
只在小村庄里
被邻居们盛赞
受乡里乡亲认可——
你看人家啊
一大帮的孩子
一个赛着一个!

等孩子们一个个长大
明白了劳动

其实是生存的法则
而母亲年事已高
只能凭借精神支撑
才不至于
放弃了劳动
以及劳动带来的快乐

还有什么好说的呢？
在这个美好的季节
劳动正结出温馨的甜果
面对历史和明天
我忽然从梦中醒来
问一声世界你好
而后在心里写下一句话：
我选母亲——
当劳模！

老枪

一杆属于党
属于人民的老枪
以那面长方形旗帜为衬托
与那组银镰斧头相契合
正正当当地
悬
挂
于
墙
——定格
显现全新的意象

当然是凝重里透着慈祥
就像母亲的微笑
总是那样意味深长
当然是庄严中显示威武
真如同一尊雕塑
豪迈而又倔强
以山的伟岸树的昂扬
骄傲地挺拔起

不仅属于华夏民族
更属于
国际主义的
忠
诚
脊
梁

从此以后
一段传奇有了最完整的注释
几多故事
丰富红色的思想
由此开始
一段经历幻化升腾
几多记忆
演绎不竭的力量

正是这杆生生不息的老枪
命运中铸入了真理的坚固
名字里蕴含着历史和沧桑
满怀激越的情愫
走过永远不老的岁月
无比坚韧的意志

伴着永远美好的时光
即便一时间喑哑沉寂
不再似昨日铿锵
而老枪终究是铁骨铮铮的
可以世代传承
爱憎一如既往
仿佛一条铁打的硬汉
大义凛然
奋裙首倡
处千钧一发之际
仍旧
可以在瞬间发出
震天撼地的鸣响

牺牲奉献是注定了的
又何所畏蹈火赴汤
从头到脚
有哪一点不是热血铸就
从里到外
又哪一处不是灵魂之乡
何等地令人敬畏啊
怎能不令人高度赞赏
那屏息专注的神态

丝毫没有倦怠
那不曾老迈的体态
总是显得血性正旺
血气方刚
周身上下透着朴素与高贵
全部生命
早已被真爱镀亮

老枪的来路
确乎很长很长
好比很长很长的长征
实际上
只可以用精神丈量
老枪戎马生涯
身经百战
终究是领略过
气吞山河的
荣辱与悲壮
冲锋陷阵的画面还历历在目
驰骋沙场的呐喊声
依稀萦绕耳旁
自从选择了这条道路
就只管大胆地往前闯

绝没有半分的退缩
甚至懦弱的忍让
因为
老枪并非可有可无的摆设
枪杆子里面出政权
当然也出尊严与信仰
而且
老枪自始至终
掌握在党和人民的手上

还有什么好牵挂的呢
当和平、和谐、和睦
成为现实生活的真实写照
当主流、主题、主张
诠释人类共同的价值取向
一个时代
整个世界
都散发着人性的光辉
彰显着理想的光芒
对于这样的一杆老枪
一切尽可了然于心
无风无雨也无晴的地方
是难得的安宁清谧
是更加的非同寻常

革命人永远是年轻

我就是想写
把我自己写进去
写进一首诗
写进一段记忆
写出伟大的平凡
与不平凡的伟大
携手前行
写出我守候的夜色
或者正是在
追随迷人的夜色
与你共同
拥抱灿烂的黎明

可是我如梦方醒
当我睁开一只
昨天的眼睛
推开今天
放晴的窗棂
我猛然地发现啊
我的诗呢?

我的赞美诗

我的诗弄丢了
一时间不见踪影
——不
请不要着急
原来
是我自己
把它放回了原来
放回了
我自己原来的
那一本
曾经青涩的梦境

我还想唱
却怕惊扰了你
敏感的觉醒
我知道
你也是刚刚睡熟的
我只能默默地问
这样的一支老歌
你还肯不肯
再一次为她激动
激动得热泪盈盈

我是个五音不全的人
发音不准
是我最深的痛
我多想
把全部的深情
唱给你听
唱给你用
唱给你欢乐
唱给你生命
每当晨阳又起
我就又想拿一支老歌
伴奏我依然年轻
却能获得
依然沉静的心灵

也许我的笔
显得过于笨拙
满脸的茫然和稚嫩
浑身上下
透着浓厚的乡音
可我就是想做
这样的一个人
形如干不透的字迹

永远
保有永远不变的真纯
贯穿一生的将是什么?
它长得有点像
花瓣淡出的
墨痕

流淌在心里的歌唱

我的手颤抖着
把我流淌不止的心里话
和我分享到的
全部能量
在微信朋友圈分享

我是觉得
我有太多的欠缺
我不知道该怎么补偿
我有太大的责任
我不知道该怎么担当
我是一个老实人
说话办事
不敢有丝毫的虚妄
甚至做我自己
也不愿半点夸张
可是我忽然地
被一座名城感动
这里是你
也是我们每一个人

精神投放之所在
是有枝可依的家乡
因为我不想让
流水冲走了来时路
因为我看到
脚下的路
就是前行的方向
我承接你真心的鼓励
我领略你静静的诗行

我是不是城市的外来人
不知道这座城市的好?
或者
我只是一只怕生的小鸟
栖息于春天的枝头
却不会振动翅膀
也不肯
为生命歌唱?

党和我的亲娘

我愿意为党
贡献一切
力所能及的热量
像青年毛泽东
头发挺长
文章也棒
字里行间有天地
谋篇布局大气象
可是我
没经受过
那样的风浪
心里除了忠于职守
最好装得下
山一样的品德
水一样的善良
如果
共产主义的大厦
明天铸就辉煌
功成不必在我
建功必须有我

我就是
大厦之中细沙一粒
大旗之下小诗一行

说来老妈眼睛亮
她当年要求我
彻底转变思想
使我愈加坚定信仰
如今
我把心情整理好
感恩戴德
不忘初心
把为人民服务
落实在生活细节上
甘愿孝老尊老
用心大声歌唱
歌唱朴素真情
传播温暖阳光
老妈小脑萎缩
我替她展开想象
老妈腿脚不灵
我为她采摘四方
实在我做不了什么

还有大家和小家
只要老妈高兴
快乐安康
也算我尽了本分
无愧此生
不负所望

逐梦

真信乃真爱

假如
你可以写一首诗
来赞美
这个时代
那一定
是一首满载
期许的小诗
游弋着
去迎迓
一个又大又好的
新时代

假如
你凭一片海
去烘托
一束浪花
那一定
是一片波澜

壮阔的大海
铺展开
纵然一束浪花
也能追逐梦想的
新舞台

小诗
是这个时代
呼唤出来的
踩一脚春泥
泛一层如蓝的绿
扮亮暗夜星空
迷离闪烁的
天际留白
浪花
是一片大海
激荡出来的
似林中的鸟儿
山间的苍柏
以简约与质朴
传递着自然
适度的爱

而爱
是能够
摧枯拉朽的
摧枯拉朽
堪比朗朗乾坤下
醉人魂魄的
原生态

假如是真的
抑或
真的是假如
真的与假如
最好相互礼让
又何妨彼此替代
无论怎样
爱我所爱
我还要
用我的最爱
书你的情怀
毕竟啊
我的笔端
流淌着无尽的
赤诚

我的生命
又怎会瘀滞
思想的文脉

也无风雨也无晴
何尝不是一种笃定
我信
就信个
百年千载
要爱
就爱到
透彻坦率
这些是我的本分
为信仰望
因爱俯首
用真信真爱
孵化真理
借真理之光
镀明日黄花
驱昨天阴霾
幸而重构一幅
当此今朝
无限的精彩

大大方方亮起来

四十年前
你还小
在偏远的村庄里
整日西颠东跑
却没忘记
照顾好
父亲水墨画上的
那只小鸟
从此你有了远方
试着把天籁
译成诗行
从肩头
暂时卸下
那只早已
变得破旧的
书包
仔细思考
青春
把世界揣进兜里
用脚步
求证一串串

难以琢磨的
问号

后来
你踏着改革的雷声
迎着开放的热风
摸着石头过河去
如椽巨笔写人生
你画出了
特色山水长卷
你创作了
中国故事传奇
你还要
大展宏图轻如许
你还要
谋定鸿篇抒胸臆
直到现在
你不肯片刻停歇
深吸一口
故乡的云
于烟缸中
慢慢收拢
淡蓝的思绪

再点一支
智慧和灵感
梦在眼前
升腾
演绎
一个发光的主题
大大方方亮起来
亮起来的你
是口吐莲花的
隽永诗句

缘是悄无声息的存在

赶上新时代
不必与老鼠
打交道的
小猫
仿佛一下子
还原于
自我的主宰
黑也好
白也好

并不影响
编织和分享
小康之家的
温润柔软
这般极简的美满
何须弄首摆拍
点点滴滴
浸透精致的感激
升华晶莹的感慨
——昨夜
他轻轻地
钻进我的诗里
或许想凭借
敏捷和灵动
传递一份
最可托付的挚爱

他打着滚儿
长尾自由地摆
又伸展腰肢
酷炫走秀
表演极富韵律的
优美体态

面前这幅童话
谁能忽视
那悄无声息的
存在
如同魔法师
轻而易举俘虏
一个超现实的
大男孩

有多久了
我捧着静默
固守在梦和现实
没有边界的
精神自动带
对着逻辑原点
清醒或发呆
又把自己置于身外
栉风沐雨追寻
牵挂远天的云彩
犹记当年家贫
有只家猫克俭克勤
手眼身法独门独派
为保一滴油一粒米

斗风险无怨艾

精神不败

日月逾迈数十载

那只遁迹的家猫

依旧令我讳莫如深

不愿讲述他

泣血的传奇

以免由此

引发无谓的心悸

蔓延当年

鼠患的惊骇

纵然深怀悲悯

也暂且留存

让儿时伙伴

彻底避过

曾经的无奈

伤痕吗

疼痛吗

那些散落的故事

是天成偶得的妙材

仿佛一颗颗

随风撒入春泥的麦粒

疯长成田野绿浪
翻卷涌荡习来

尘封当有时
鲜活应如许
星移斗转之间
你其实不曾离开
良知未泯
初衷未改
到永远
真情常在
小猫啊小猫
你我久未谋面
有缘——
终能穿越山海

窗内的花窗外的树

一

花与树
是我长情的呵护
每一年的每个季节
每一次的每份祝福
透明的距离感
可以用问候代替倾诉

摆上阳台的花
心忧室外多变的温度
不愿一阵冷一阵热
又一阵风雨飘忽
深情地望一眼过去
发现自己的梦
星星点点
悬挂成满枝头的绿幕

窗外的树坚守如初
经得起萧索或者繁茂

丰盈或者凄苦
君子于我亦手亦足
站立本身
就是最动人的景物

从内在到外在
暖和爽彼此相宜
花和树以沫相濡
既然选择
那就是永远的倾注

二

并不忽然地忆起当初
是并不长久的片刻驻足
从点燃到熄灭
整整用了
一支烟的工夫

转过身来
然后回过神来
还好

你我都有发现
我只能
尽量保持同步
因为我明了
原处已不是原处之所在
而现实
依然现实于原处

掰手指细数
如果这样可以
算作一个生长周期
一个轮回的光顾
那么
花开与叶绿
绝非偶然遇到偶然
碰巧撞见陌路

一阵雷声滚来
试图窗前黩武
震醒我指尖的笔触
一团火焰又起
照亮我全身心的
点滴领悟

三

就在多年以后
我像一只
等待迁徙的候鸟
逡巡在记忆的家门口

楼旧人新的时候
楼就是历史了
而今
旧楼已无踪影
后建的新楼
也不愿意独享
时间轴线上的变奏
且作楼人共旧

这即为多年以后
现在我童心未泯
仍时常念起
那少顷的停留
可是平静的桥段
已不会再现
自然也无需担心

会被新水冲走
就像一种变的哲学
一切都还存在
却谁也不能
谁也不能两次踏进
同一条河流

戊戌端午题吾母手杖

翠节纤枝善担当,
挥别端午向重阳。
展身伴老老益壮,
挺脊扶寿寿而康。
立地擎天赋新韵,
举目颔首略沧桑。
秉承忠厚传家久,
熔铸诗书继世长。

银辉染鬓边

戊戌中秋,情至笔端,
欣然,纳余庆,
追怀经年。

银辉染鬓边?
乡愁浸诗卷。
痴人逐梦高远,
调和苦辣酸甜。
大地壮阔如歌,
星空灵光再现,
感上知遇言。
笔走龙蛇意,
力透纸背先。
奉陈酿,
斟微澜,
静无边。
君子相谊,
饮几杯风轻云淡?
问此心全无憾,

佳期月更圆。
得尝吴刚酒,
功成皓首还。

丰收节

中国农民丰收节,于 2018 年设立,
节日时间为每年"秋分"。

江河阔,
长风浩荡黑金沃。
黑金沃,
稻谷飘香。
神龙腾跃。
北大荒上结硕果,
丰收节里唱欢歌。
唱欢歌,
喜鹊登枝,
春播秋获。

贺寿

常怀大爱行千里,
新枝吐绿不染尘。
家中高堂念有母,
且把祝福秀成春。

残雪消融做寿酒,
松花江水满杯斟。
及时尽孝应勿缓,
子养亲待慰精神。

好好学习,天天向上

有一句话
一直印在我童年的书包上
这一句话
一直挎在我生命的肩膀上
它伴我读书
它盼我成长
它牵着我的手
和我一道啊
走在新时代中国特色
社会主义道路上

这句话是一轮朝阳
又一次地升起
全身都喷涌着
思想的光芒
这句话是又一个创举
无数次地跳出地平线
每一次每一次
都跳动着
令人激情满怀的想象

这句话清新流畅
像空气中饱含丰富的氧
这句话亲切慈祥
和母亲的微笑一般
春风荡漾
这句话
融入了我们的血液里
这句话
刻在了我们的心坎上
这句话是最动听的音乐
这句话是最坚强的翅膀
这句话
就是——
好好学习
天天向上

雷鸣

> 我以我心印党心,党以党心系民心。
> ——题记

节律相同的跳动
跳动
怦怦然
是统一思想的雷鸣
拳头举起的那一刻
信念已经定型
脚印叠起又延续
——求证真理
全为实践本色人生

播入共同的田垄
破土后
疯长成真实的繁荣
赤诚不打折扣
党心不变初衷
以山的构思海的磅礴

和人民深情相拥
让国体保持血运旺盛

传递相同的声音
不必问相互的姓名
掌握共同的命运
不必说曾有多少
曾有多少奉献和牺牲
一条路苦也不苦
一道疤痛也不痛
排山倒海的一呼
总有众人应
这一呼一应一个口径
谁说不胜大吕黄钟

最远的地方可以感受
最近的距离能够聆听
——绵绵无尽头
浩浩洞远空
如同
路的前面路更长
风的后面风潮涌

穿透黑夜

穿越历史

流出

新时代的黎明

……

血浓于水脉相承

妈妈的手

妈妈说
自己的手
很丑
像一小捆干柴
缺少柔韧
僵硬枯瘦
甚至
恐已做不熟
一顿可口的
大馇粥

骨节是大大的
抓取无力
连屈伸
也越发滞扭
几条青筋凸显
怎么也难看出
那是老人家
生生不息的河流

变了形的十指
连一个斗也没有
神秘的指纹歌谣
又谁人能参透
这辈子
最大的品德
必定是勤劳
然而并非
因为生来属牛

如今老了
双手攥得住福寿
却攥不住
过去的八十几度
——冬夏春秋
此一刻啊
妈妈跷起大拇指
那是她在感叹
自己的一双
无比普通的手
它普通
可它创造了
多少奇迹

从来没辜负过
有灵的
天苍土厚
永远都可以
拿得起放得下
知足
知不足
手啊手
一辈子不为自己
不为自己点赞
如果给自己打分
顶多打上一次
九十九

党心

有哪一种淳朴胜过泥土还有水以及空气
人民滋养你青松翠竹般苍郁繁茂的肌体
使你的笑脸如此亲切慈祥永远春风化雨
你说那是宗旨啊是党员本色是生命品质

小巷通天衢见证民心所向同属党心所寄
足迹和问候说明民心所望实则党心所系
平日里你用和谐的音符谱写时代主旋律
铺设康庄大道构筑理想大厦甘为上马石

办实事好事关注民生体察民情符合民意
老百姓和咱可是骨肉亲哩这点谁会怀疑
根须就扎在群众中真情表现为一点一滴
民心鉴党心啊党心与民心两相依常相益

誓言

面对党旗发出的誓言须用生命付诸实践
面向群众许下的诺言皆从生活当中提炼
履行宗旨是天职俯首在誓言与诺言之间
信念岂可动摇始终贯穿一条不断的红线

保持党的先进性把忠诚与责任连在一起
共产党员做先锋把初心和使命系于两端
系于两端连在一起的还有平凡及至伟岸
把非同寻常演绎得普通简单而更富蕴涵

价值内化为个人的品格时誓言即为诺言
使命伸延到社会底层和边缘铁肩挑重担
一种精神的生成顺应了一个时代的召唤
一生追求的境界超越了全部荣誉的局限

新航程之大海的馈赠

轻盈的脚步踏歌行

我看见大海,从你的
镜头里蔓延了我整个清晨
醒来的梦境
大海那么大,脚步
却迈出轻盈
来到我心头光顾
不急不缓的节奏感
是你的美
最新发现的眼睛
又配上跳跃的音符
让青春常绿岸边
与波浪翻滚的涛声
构成一幅独特的风景
听潮水奔涌鸣响在远处
一层
一层

身影拓印美丽的笑容

夕阳像一盏镁光灯
聚焦于你的笑容
把一个青年人的梦拉长
刻画得栩栩如生
就让那把座椅
继续保持
深度的宁静
欣赏着可爱的小狗
跑来跑去的身影
欢快地
和大海握手相拥

动与静的海阔天空

那么遥远的海岸线
我还不曾涉足
不过我知道,优美
肯定不愿接受
行动的平庸,或者
思想的贫穷

我看到一部原创微电影

构思是匠心独具

拍摄如神来之笔

再领略海水的潮涌

很像一部经典

在演绎浪花的精彩

就连呼吸

也能升华艺术

均匀，细腻，轻声

讲述动与静的友好

等着你海阔天空

海风吹拂着海边的树

我惊叹于海边的树

得以在海风吹拂中驻足

把大海伸展成一枚

腰姿婀娜的叶片

在大树的瞩望中起起伏伏

大树牵着大海的手

始终担当大海的守护

大海是大树

交替前行的脚步
一步扮靓晚霞
一步迎迓日出

我们的爱情生出翅膀

当年我一个人
从家里走出来
马不停蹄
从家里走到现在
有35年的距离
终于把自己
走出满头花絮
终于把当年
换成好听的词语

一个人从故乡到异乡
原来半身土
现在一脚泥
可是我一直觉得
那就是我的爱
那就是我前行的继续

幸好遇到了你
愿意接受我的真诚
并用爱情复合爱情
让彼此不分彼此
手挽着手一起
组合一个精神的图像
从此世界
变得愈发清晰

新生命应邀而至
新成员是又一个你
并不需要特殊关照
但全家重新排序
后来者稳居第一
她爬上我们的头顶
像跨越高原大地
她坚定的脚步
是风光无限的旖旎
现在我自鸣得意
我们的爱情生出了翅膀
那是你翩跹的舞姿
那是我繁茂的诗句

再出发

你我她,构成一个家
昨今明,就是一幅画
从这里到那里
家和我们在一起
从那里到这里
我们和家是一体
地北天南,脚步来来去去
东奔西走,身影不曾停息
前行路上采摘的风景
丰富了你
也丰富着世界
心灵的眼睛

当然,风景需要
用好的心情去体会
你发现风景的美
风景也正在读取你
细致的与众不同
那是人与自然
彼此感动的情绪
最好能把风景看透一点

看成一个个为什么
或者一道道具体的考题
各式各样的形状和色彩
蕴含的，可都是
轻易看不透的道理
那你就多走走吧
多走走多看看
一下看不透也没关系
慢慢地
让一下看不透的风景
先看透你
然后我们一起
再出发
那时候我们和风景
互相之间既很融洽
又很默契

君子之城

君子之城
在全国不会重名
不像说"春城"
还总得特意想着
加上个"北国"的前缀
来区别昆明

君子之城
是中国之于世界的
一颗君子兰花种
是长春之于全国的
君子之风

君子兰花美
不仅美在花容
它是长春的市花
甘于陪衬绿叶
让绿叶开得正红

前几任的领导

带我们研究城市精神
践行精神文明
宽容大气
自强不息
与城市如影随形
现在
新的领导来了
将城市品格内在提升
像君子一样
不动声色
从不大的角度
一笔点亮
城市的眼睛
——君子之城
仁厚
道义
坦荡
慎行
——君子之城
担当
务实
创新
守正

——君子之城
诗意
和气
乐善
不争
好一个君子之城
德不分男女
品不论阶层
功不期当时
贵不在自封
……
你是在说长春人吗？
——是的
这个人的名字
可以叫长春
也可以叫作
一道不需要注册的
盆景

有文化的地图和地标

怕你忘记了回家的路
怕你不知道长春的好
怕你耽误时间
怕你那一双发现美的眼睛
一时在花丛中
迷失了信号

那么好吧
请先领略这张地图
里面镶着
即精美又精准的地标
它是长春上百年的深情
它是长春人
最真挚的微笑
它宣传的这座城市
也许比有些地方偏远
甚至还或多或少
保持着几分的羞涩
但它没有过多的矫饰
要是你愿意交个朋友

它一定
能让你信得着

这张地图
还有那些
历史和人文友好
时空和自然论道
肯定不算是
长春全部的骄傲
可是你要是好久没回家了
或者你以前不知道
那就耽误你一会儿吧
分分秒秒
你肯定用得到

迎接夏至的我

从今天开始
太阳回到我的头顶上来
我在中午时分
做好一个立正的姿势
站成一竿旗
感受阳光
从我的身体
怎样直射大地

我原地回转
向左向右向后
向上向下向前
可是我的影子呢
它带着我的思念
追随在我身边
而这一刻
我们完全重合了
我就是我的影子
我的影子和我
终于

组成一个新的
纪元

日北至
日长之至
至于终极的体验
要是我这样
一站几千年
等着你迈进
这个地球的最北端
迈入
我的家门槛
那么我的汗
能不能
在三伏之前
把一大片的地表
熊熊点燃

女儿替我看世界

这几天确实有点忙
忙着关心高考
更要小心翼翼
忙着好好学习——
我们的星期一
以及
我们星期一的
那个"脑力论坛"
——它可是
我们领导的创造

昨天下午
我就壮着胆子
登上论坛
就坐在
面对大家的前排
是前排的拐角

我是第一个发言的
我想说

我的人生
是从学习中
渐渐苏醒的
像母亲当年
每一天的清晨
迎接每一天的微笑
可是到现在
我还没来得及感谢
我的目标人群
把掌声给我
仿佛我的诗歌
才刚刚发表

昨晚我早早睡下
竟然忘记了
女儿的盛情相邀
她正在阿尔卑斯山脉
和小伙伴们一起
读着一本天地之书
读多瑙河、莱茵河
找寻波河、罗讷河
是怎样
从一座大山出发

变成流向世界的
一条一条
可是我也抽不开身
我还要原地待命
还有一项新任务
等我签订合约
我还没有落实
像考试已经开始
可是我
并没有真正准备好
刚才我告诉女儿了
我说女儿啊
你就替我看世界吧
我和你妈咪
在家为你铺跑道!

对收获的另一种诠释

也许是目的性太过直接
让急功近利的影子暗淡了真实的光泽
也许起初对宗旨的内涵就不甚明确
在这沉甸甸的季节的背后
才不合时宜地显露惴惴不安的浮躁与饥渴

心花曾经怒放出特别能陶醉自我的欢悦
心血也着实浸润了满树的婆娑
心愿终归是异彩纷呈和积极向上的
心果又何尝不企及殷实饱满的好成色

可是很快地一个季节来了又去了
很多事情仍旧一如既往继往开来着
不因你怎么想他怎么说干扰自己怎么做
其实很多事情本来没有固定的法则
关键是充分领会精神准确把握实质
在不断进步基础上再进一步地加深理解

譬如当秋天的萧瑟掠过渐变空旷的原野
顺着秋天再往前蹚过横流的界河

面向寒冬领略大地的创造与奉献
才确信沉默也是一首无声的颂歌

有意识无意识历经日子从枝条上纷纷零落
在时间和空间里飘成小船随风摇曳
上下沉浮左右摇摆前后游弋
对于存在和消亡的哲学命题试图破解
却莫名其妙地愈发使人困顿而疑惑
说一千道一万耕也耕了种也种了
但倘若只为收获而付出
得到的一切很可能不及失却的一个
因为收获可以是一种转移一种汇聚
同时更意味着一次结束一次割裂

无论到什么时候在什么样的情况下
收获肯定不是唯一的选择
付出应该随时随地甚至每时每刻
只问耕耘已属尽了应尽的本分
终极目的终在求索
大可不必偏要品尝稚嫩的酸涩

偶然的遇见

猫精神

和猫比静
即使你不动
它动
你一样不行
它能静得出奇
静化大小世界
漂浮的噪声
而你终究还是
难免怕风

葱姜蒜革命协奏曲

辣是一种革命的滋味
葱叶儿
泛着英雄主义的绿
即使显得稚气
也没关系

气里也含精神之钙

可以兑换

更长更长的

生长期

蒜是抱紧了

乐观主义的一个团体

如果单兵作战

其劲道同样不可小觑

姜当然还是老的辣了

但理想主义的信念

早一刻点燃

必定会多十分受益

"九一八"警报

城市的上空

突然响起

凄厉的长号

刺痛我的中国心

静默沉思

伫立在光复路的街角

顺着警报声追想

那一年的这一天
是否
微风正摇动树梢
可是人们怎会察觉
和平只在一个瞬间
已经被事变吞掉
直到侵略者缴械投降
历史才这样
警醒世人
注意防范强盗

悬在原处

因为执念
愿把一切想简单
问自己为什么
发自内心的抱歉
给不出答案

再换个姿势想
效果如此这般没变
感觉已经失灵

希望照样悬在原处
伸过来的路线
像一条鲜活的大道理
正直而平坦
还带着闪亮的光环

或许
有些事情
只能交给时间吧
否则
把头发想白了
眼睛穿花了
可怜的想象力
如何摸得到
复杂的新高度
以及近在眼前的
天的边

今晚的月儿圆满甜蜜

我再把
绵长的思绪
抬起
举目眺望
窗外的天际
仔细查看
墙上的挂历
发现你
发现你的这轮圆月
为我们盛满了
真切和甜蜜

今晚的月
升起在心底
那可是你
必定是你啊
此时彼地
于餐桌前
酿制的美意

还要斟上

这浓浓一杯

鲜亮透明的

主题

看见每一种高考

我看到
六六大顺的数据
像两个牵手的兄弟
一早起来
互相发出问候
是相互问候的友好

两个友好的六六
还有一番简单的交流
前面走着的月
唤醒紧随其后的
太阳鸟
一个静成一棵大树
问你一向可好？
一个扇动着翅膀报告
幸运不是碰巧

我看到从明天开始
你就要进入
一条全新的跑道

是全新的时代来临
是最强的阵容
一字排开
就不用细数了
一共一百
到如今这当口
一百
比什么都重要

我这里说的一百
或者双百
其象征意义
比历史的距离远
也比现实的分值高

是啊是啊
我看见每一种高考
每一种
和每一种不同
每一种
为每一种加油读秒

我说是每一种高考

你也可以问问世界
——盛夏将至
你
准备好了吗?

中国海,在涨潮

东方风来
东方风来
东方风来满眼汹涌的波涛
——中国海
在涨潮

风由远而近
由缓而急
波涛由静而动
由低而高
切莫问从前的避风港现在何处
也勿想脚下雄关漫道
该开放的浪花已经绽露笑靥
要来到的浪潮
已经如期来到

风来水也涨
水涨船就高

那只南湖红船自从驶出南湖

把旗帜舞作风帆把桅杆竖得牢靠
游弋于那段艰难岁月里
最显漫长最感迷蒙的航线
穿梭于中国历史
最有光亮最为深邃的眼眸
而后
伟岸地承载起
一个民族一个国度的梦想
领略神州大地的辉煌
创造更长久的风骚
下海冲浪搏激流时节正好
摆平真理的舵把确定理想的罗盘
撒追求之网希望之网改革之网
把鲜鱼跃动的富庶欣然捕捞

亿万颗中国心像亿万颗水珠
总有幸福温馨和谐的氛围
在异常兴奋中解读太阳的微笑
当大海把磅礴的构思交给分分秒秒
当东方风来向世界发出响亮的信号
有多少心向高远的赶海者探索者
以及那一张张
微风荡漾的嘴角

如同受到某种启示听到某种预报
便再也耐不住寂寞
索性撕破旧梦
终于
在太多太多的顾虑打消之后
在太长太长的等待到期之后
表示愿意接受大海挑剔的拥抱
中国海激动着
显得豁达无比
升华了生命图腾的明朗格调

寂寞的
不再寂寞如丧失生机
活力使原本青春的面容
不再显得衰老
行船之上果敢的掌舵人
正亲手绘就这壮阔的喧嚣
——中国海在涨潮
千万束龙种之思
于涨潮的中国海面
扶摇晴空
直上云霄
让伟大的复兴与富强
成为新时代最有意蕴的坐标

不再是昨天

仍把自己当成孩子
认定太阳依旧浑圆
尚且不会隔山观海的眼眸
结满新奇之感
稚嫩的神经
竟已被各种目光
刺痛
方醒悟
不再是昨天

话到舌根儿留半句了
妈妈不在身边
一切
一切的一切
不再是昨天

生活
就这样开始

阳光径直而去

不做回环
一场风沙漫过
则可能卷土重来
迷你真善的灵魂
迷你不尽成熟的信念
难于承受
也得承受
逃避会失一条希望之路
退缩定将前途中断

不再是昨天了
回首时不知因何兴叹
举目再望——
视力所及处
皆为彩色的
光之栅栏

苦难,成就你新的一天

你是光明的
你才能看到黑暗
反过来
你看到的只是漆黑一片

你是光明的
你才能发现缺点
那里边原来有个大世界
时而还会传递灵感

你是光明的
你才能经受苦难
到最后你把苦难照亮了
苦难成就你新的一天

己亥五月初十晨

一

昨现雨中霓虹,
令我怦然心动。
天公挥毫作美,
黎明朝阳又奉。

二

亦雨亦晴霓与虹,
明日黄花今不同。
哪堪此心恒固守,
一轮日出可担承。

我的眼泪在燃烧

我的眼泪
已经燃烧
饥饿的炮弹
如同黄豆一般
炸开了你的微笑
大会师啊
一条长路
一端系着你的家
在东北松花江上
一端系的是
生生死死的报告

前方到底有多远
那看不到出路的路
到底该向北
还是向南
到底是向里向外
向自己
还是向历史
发展的指向

——奔跑

坚持才能活
你说——
为了你娘
你要……
是的
我也是战士
一束鲜花别在胸口
迎接横飞的枪子
在瞬间壮烈
那绝不是刻意渲染
我的姐妹啊
你的青春
怎么也满腔热血
勇敢摔倒
你的信仰的脚
是立定的原点
你的高昂的头
画出彩虹一条
我不知道
那是不是炫彩
红和黄凄美绽放

我为你的牺牲
除了叫好
也只有叫好

我的眼泪吗？
它正在燃烧
它燃起星星之火
又燃成
生命的狂飙
燃成红军大会师
燃成中国革命
从长夜走向天明
从胜利走向胜利
从烈火
走向永生的
志薄云霄

一条线和另一条线

底线
是不是地平线?
大地啊
你才是
我身心的家园
你才是我
生命的依托
你才是
我的一切
你就是我
一切的立足点

红线
是那条红色的
生命线
装睡的人
叫不醒
红线会知道
怎么办
醒着的人

睡得香

红线

那是你远眺的

霓虹彩练

这场雨并没有停息

我在某半封闭的课堂里
听专家讲全开放的话题
忽然脑海中飘进来诗句
渗透大片刚草书的笔记

昨天的雨一直追踪梦迹
据说还有冰雹弹奏插曲
中间也曾出现彩虹云霓
在城市的额头酷炫嘉许

直至今晨查看微信消息
反证天空放晴气温适宜
中午的阳光如天女散花
温文尔雅富含维生素C

果真又有高人急人所急
顷刻之间略施非凡法力
这才发现变数不可预期
原来这场雨并没有停息

心语

静坐案前
我的椅子没有靠背
欲以笔纸证明自己
却难找到独特的方式
只感觉很累

日子明晃晃流逝
像刚刚绽开的花蕾
眼见飘零而无奈
生命被其他色彩取代
价值被另种含义贬低
这是个异常冷峻的现实
尽管使人遗憾
也别想逃避

相信自己
世上终有一席之地
体验青春多味
我依然不变所爱
即使备受艰辛和磨砺

成败让心灵更丰富
何必问爱我者谁
假定我还要去流浪
意决无悔

白头发飘起来

一道白光闪过
仿佛白驹过隙
却是白花花的一丛头发
就这么浸泡在
白花花的时间里
白花花地流个不息
丝毫也不能显示
那种贸易的
顺差或者逆差
还是自然而然吧
让一颗死寂的心
别再经受
春雷翻滚的惊吓

年方半百
眼前即是天涯
略显单薄的骨骼
完全扛得住
历史车轮的碾压
或者还可以

照样追随光阴
奔跑一程
让内心更强大
让身边
让脚下
充满激情与灵动
山山水水
舒展活脱脱的潇洒

看吧
白头发飘起来啦
是帆影不是白旗
是坦诚不是浮夸

青春

青春离去
然而青春没有死
绿叶子飘成了
片片零落的记忆
青春却长成了红果子
——成熟的红果子
又拥有了青春
关于成熟的构思

青春走远
然而青春不会死
花裙子不再为
炎热的季节迷恋
太阳光晒黄了
那个反复思索的主题
青春却也不甘屈服
丝丝银发的
强行排挤

青春消失

然而青春不能死
即便已有年轮
在额顶展成了
绉纸般的纹迹
青春却以心为种子
永远萌生绿色
同生命并立

诗意

我用金刚捣碓的功夫
走出一条
看不清的路

路的两侧风景迥异
可是我无法
把一眼圆睁
另一眼紧闭

或许
这就是我
特别的收益
感受难以预期的现实
总和别人
有着不一样的
诗意

酒和舌头关系如何

如果
把快乐给喝多了
那不快乐
当然很高兴
等你醒过神儿来
酒已经
再一次喝过头顶

如果
你实在要去喝
最好先做通
舌头的思想工作
不可能不带它去
那样你的坦诚
靠什么表白
可是酒啊
难道你觉得
舌头对你不好吗?

慎为善歌

这些年来
那些年往
我基本这样
不该唱的不唱
不该讲的不讲
不该想的不想
不该忘的不忘

这当然不够
我学会说"不"了
学会了
边学边做
还要再练练
一边改
一边继续
把真善美
视为我的家乡
因了这样
更该把思想
统一到

加深理解上

非礼勿视

非礼勿言

非礼勿听

到什么时候

天之经

地之义

民之行

——不能忘

醉者之意

不是你醉酒
便是酒醉你
反正整瓶的酒没了
失眠的你睡了

或许此时
你正醒于另一个世界
脑际翻滚云和雨
你兴奋着
全然将理智抛弃
口干舌燥的感觉
仿佛胸膛失火
血也燃烧了
肉也燃烧了
恨不得把石头嚼烂
药面儿一样咽进肚里
要么把肚里的肠胃吐出
重新调拨心跳的频率
可是你已失控
只能任其愈演愈烈

成一摊浑泥
含糊不清反复不停地说
这才是人间难得的真实
这才是你生命的本体

神经麻木不仁
你没法喝到云中雨
意欲超脱现实
趁头重脚轻
飘然若仙腾空而起
月亮斟满佳酿
繁星都是你的知己
那海量的吴刚笑举杯盏
与你的灵魂碰击
溅落几滴诚挚的祝福
化作银辉洒遍天地

你被感染为诗
何妨再醉多少次
且把冷暖泡酒里
且把爱恨全拂去
一杯接一杯
一醉解千虑

干杯
饮则开怀尽兴
换个痛快淋漓
换个潇洒俊逸

失眠之夜

反复去读月亮的脸
依旧读不出依旧找不到
梦的源头梦的边
脱离现实的臆想
能获得多少安慰呢
又谁知因何
会有这无端的慨叹

把星望困了
我不困
把心望酸了
便有润泽的相思果
滚出眼帘
碎在床前

不能问你是否懂我
毕竟你什么都不曾察觉
不能怪你表情淡漠
也许正因为如此
我才神不守舍

以至夜不成眠

然而
我始终清醒
花不堪折不能折
梦不圆时自己圆

神秘大佛

从来不拜佛也不信佛却踏碎了晨星来观佛
山正青草正绿春雨蒙蒙淋湿南国的好时节
岷江只先我一步便在佛身前觅拾一串古歌

攀九曲栈道驾乐山雾登上岁月凹陷的石阶
梯次很高跨度很大我很累看大佛闭目静坐
起伏的佛胸脯遍处青苔如起起伏伏的山岳

有轮的耳朵又肥又大遗憾先天就没长耳膜
紧合的嘴巴无一颗牙齿何以食用人间烟火
灵在哪儿魂在哪儿暴起的脉管里不流血液

躯体不朽而绝非因为有灵丹圣水功能奇特
虔诚者在你的膝下磕头作揖不知笃信什么
你生存于世界几百年几千年却不认识世界

面部神经早已风化成满脸僵固的麻点斑窝
风雨剥蚀你几层皮肤你不觉疼痛表情淡漠
可依然有人崇尚你向往你你实在神秘莫测

壮哉秦俑

黄土高原浓缩成人形列方队肃穆伫立
历史于人形的黄土高原显影愈加清晰
哦哦，好威严好壮观的秦俑军魂正绿

两千多年封埋封埋不住火山欲迸之力
大海必然要奔流英雄正凝神待命出击
那神情那气势即或明枪暗箭全无畏惧

"扫六合"的呐喊声曾振动整个环宇
在地表层下扩散至今至今仍然在延续
听，能听见你们怦然心跳心血涌不息

秦时月儿明是因为有你们明亮的眼睛
瞳仁闪闪烁烁如夜空闪闪烁烁的星系
你们用眼睛讲梦也讲昨天的战事战绩

风雨侵袭有褐衣铁甲包裹着骁勇之躯
齐步从古代走来绷紧的神经毫无松弛
天不会老情不会老光阴永远不会死去

光亮躺在黑暗里

灭鼠者我

这些天来
总能看见那只大老鼠
从我模糊的伤口侵入我

无可奈何地听血液呜咽的声音
自体内往外宣泄
痛苦把我挤到更痛苦的角落
充满忧郁的氛围淹没一切
——自知病入膏肓
企及太阳悬天不落

情绪跌入低谷呻吟欲焚
无意再去找往事闲聊
偶尔瞥几眼外面的世界
发现风景于不觉中更改着
沉实丰满的季节正在萎缩
像一条忽然断了源头的小河
失了激情的水少了灵性的水

纵有微澜也是悲歌
日渐消瘦日趋枯竭
——不管多么令人惋惜
眼泪是无法拯救生命的

我近乎丧尽挣扎之力
恍惚中偏信了某种阴险的诱惑
但见死亡的牙齿如刀斧
居心比大老鼠更加贪婪而叵测
眼睁睁读着所剩无几的时间
反复鉴定末日在不远处
冬天一样发来的最后通牒
陡然有诗的冲动猛击头颅
终于，我顿悟了
所有的陷阱被我用灵魂填平
全部的骗局被我用精神撞破
设法活捉大老鼠
且要把大老鼠的骨子辗成碎末
用以毒攻毒的药方唤醒绝望
让我的被鼠齿嗑烂的
受死亡威胁的灵与肉完全愈合

谁能救我

我已经燃烧了
心胸像一口滚沸的油锅
痛苦呻吟着自无数毛孔迸发
翻江倒海地淹没我

我正在沉落
心知面临的困境难逃脱
也清楚遇到的艰险是什么
可是挣扎愈加有气无力
祈盼流浪的小船伸手携披
借我以独桨作诗笔
完成酝酿已久的生命续曲
虽死，也将有一颗火种
于天地间闪亮不灭
时见救生圈呈各种媚态亲近而来
却原是些伪装的漩涡
那笑靥令人迷醉而眩惑
警醒自己勿再上当

体温计感觉异常灵敏
水银柱涨过40℃预示某种不测

爱思索的大脑变得纷乱无序
爱展望的目光变得暗淡浑浊
爱健美的体魄变得骨瘦如柴
爱想象的神情变得失魂落魄
陡然念起李时珍的医术
又仿佛望见了妙手华佗和扁鹊
他们读着我的遗言无动于衷
意欲超度我到另外一个世界
我还可以存在么
能量过高消耗而无补
脉管里渴望输入新鲜血液
如是我会重换新颜
舞出个更旺盛更热烈的神采
抖出个刚阳俊逸的风格
然而——
谁能救我又谁肯救我

此境无我

一位诗人
忧郁地躺在病房里
空洞的目光如同瞌睡虫

失眠之中尾过狭窄的空间
莫名其妙爬进雪白的墙
痛苦而无力
窗外的秋天已经枯萎
只剩几片可怜的叶子
还贫血似的抖在树上

心知死亡日趋逼近
看那狰狞的面目
听那肃杀的吼声
充满恐怖和凄冷
此时富于想象的诗人
却不敢做任何想象
很难说诗人的诗思干涸了
未见得诗人的诗心泯灭了
倘若诗人把医嘱当成耳旁风
那诗的翅膀定会又一次
又一次地击痛生命
这种结果比无诗更遗憾

可是诗人还是拿起笔来
写下一个标题——
此境无我
于是

就有一行行闪烁的灵魂

自诗人灵魂深处涌出

使诗人不再担心失却自己

画师与我

你用笔勾勒我

你的笔神情专注如我

你用心描绘我

你的心肯定生动了我

你的画技我领略过

随便选择某种参照

涂涂抹抹于纸面

即可造就艺术

产生艺术魅力的光泽

但我更希望,在此刻

你能艺术地展示我

并非艺术的风格

我表情木然

完全忽视了伤口的失血

我的执着已挣脱了
那根输液管的劝阻
去流浪外面的世界
有风吹我的同时
有个熟悉的声音警醒
说我近来面目消瘦
形似萎缩的落叶
我的感觉很冷
我知道能量所剩无几
可燃的时间已经不多
情绪纷乱像团麻
愈发暗淡而低落
倒也还喜欢想些什么
却不知想的是些什么
看病房疑心会即刻坍塌
看阳光携万箭飞射
总之一切欲置我于死
唯恐自己不可救药了

假如这床不是床
假如这床是成功或失败
我都不会如此安分
如此被动地躺在上面
然而这床的定义没有错

这床是染疾之体的避风港
让我别无选择

岂料画师你竟将悟性倒错
你的笔不该如重患的我
请你来为我画遗像
画了几遍都不像
愤然弃笔而去
誓与悲歌悲题决裂

复活的我

此时没有一首歌曲能陶醉我
也没有一种乐曲能使我安神
此时尘世间似乎再没有
其他任何美妙和动听
我只想趁机逃避到，所有的
声音和色彩之外
让停滞的风抚平我的心绪
梳理我的情思给我以宽慰
让我狂饮无声之酒而后沉睡不休
让我于万籁俱寂的沙漠或者荒原

站成一株静止的风景树
让我毫无顾虑地放弃毫无意义的
光亮躺在黑暗里
幸福地享受永恒的孤独

这样,我才不会感觉
有无谓的凄冷无端的烦恼困扰
如此我便可乘诗的小船
任意漂离现实
随意划向某个极地游览赏光

我把我融进时间和空间
我把我忘记得一无所有

这一切正贪婪地追逐我的欲念
迷惑我的浪漫
尽管对我是个异常强大的磁场
我依然不得不咬紧牙关挥手拒绝
拒绝这美丽的一切……

陡然我睁开双眼张大嘴巴
终于有新的声音冲破喉咙
毕竟,心中希望在升腾
复活——
我将重塑自己

无题

一个梦
有意识无意识,总爱
翻阅那本零乱的记忆
几枚石子
常在心湖击溅静水
泛层层涟漪

昨日
充满幻觉的时光
已经反方向离去——
如同一张草纸
写满了待解的方程
却被自己烧成灰烬
难辨字迹

不知风儿吹向何处
不知因何思念无期
梦,想必还可重复
而你的坚定,却只能
属于静寂时

我痛苦咀嚼的

那一枚多味的青果

那一个酸楚的结局

门口在心口

假花真开
真开不败
真花真爱
真爱常在
假花开的是真情
她在门口等你
即使你好久没来
真花开的是真美
真人真事真彩
没有谁偏不文明
还要文明采摘
也无须假装亲切
特意弄首摆拍
来你就来
走你就走吧
兄弟在
心敞开
也祝你或者祝她
像空气一样善良
像花儿一样
活得精彩

游长城

孟姜女能出名
全靠趋利避害的长城
长城穿越了古今
却一直没挡住
那死去活来的哭声
以至于哭倒了
坚不可摧的大秦
也哭碎了
传说中的太平

她丈夫修长城
把自己
修进了砖缝
指望以此添加几分
埋得很深的象征
孟姜女不信
就一路地哭来
哭作山风的尾音
哭疼天空的表情

后来的人们
都是来看风景的
有谁会热衷
一段凄惨故事
想要去考察
狼烟飘散的影踪
或者偷偷在心里
盘算到长城充个好汉
好吧
你得先尝尝
各路高手的厉害
再试试看
汇合了孟姜女的眼泪
能不能洗净
眼前完全被雾霾了的
这历史的尊容

长路长长

长征的路
长长
长长的路
写满了
长长的意向

走在这条路上
可以从失败
走出胜利
可以从困苦
走到辉煌
既然选择
就义无反顾
哪怕艰难险阻
哪怕蹈火赴汤
长长的路啊
有泥泞
有冰雪
有荆棘
有高岗

那是路吗?
红军走过去了
可是敌人
却怎么也
追不上

有时候
路在树枝上
架于天堑
当作桥梁
有时候
路在草尖上
下面是大片沼泽
撑不起
战士的疲惫
以至衰竭的分量
有时候
路在铁链上
匍匐前进
使皮肉
摩擦出
大片的火光

前面的路
还有多远?
长征的路啊
一端在缩短
一端向远方
一面在接近
一面又伸长
有人倒下了
再扶起来
有人落后了
奋勇赶上
倒下去的
用身体铺路
赶上来的
用生命拓荒
他们前行
走出一路精神
走成民族脊梁

一座楼也就是几层楼

你下楼
我上楼
你昂头
我低头
邂逅楼梯口

你曾经在这座楼的上游
我现在是这座楼的下游
记得当年
这座楼的前身
还是那座
早已扒掉的楼
我慕名上楼
造访陌生的名流
可我的笔很不机灵
文章刚写了开头
我就从刚入住办公的
一座新楼
搬到了
这里的那座旧楼

这一搬
给了我续写你的机缘
可是我的身份
也随着搬了
这一搬
就搬丢了一头
初生的牛
我只可一旁静守
哪还敢再写续文
班门试手
于是我抓紧地追
一直追到
语未惊人也未休

这些年我搬了多少次
就像住在城里
却偏要流浪地球
可是我始终保存着
那一次的第一手资料
心里想着
完成特殊任务
何必匆匆忙忙

拿出来献丑

可是就在刚才
你来这座楼走走
主人们开始忙着搬家
你也不忘问候
你另有要务在身
我们轻轻一握
哦
我在一瞬间
竟有一诗脱手

开始苏醒的人生

每天晚上
一闭了眼睛
不等呼吸放平
头脑里
就开始刮风
吹来一些过去
卷走好多沉重
这就是所说的
自由自在吗?
那才叫真正的
天马行空
像一场暴躁雷霆
像一片祥云恬静
像一件梦的衣裳
像一次久别重逢

到了第二天早上
当我的眼睛里
布满了温柔的黎明
刚好又赶上

我的赞美诗

黎明拂去暗影
刷新天幕的页面
开始启动
东半球的引擎
这一刻
令我激动不已
仿佛我的心脏
汇入了江河奔腾

也不知是从哪里
飘过来的灵感
像固执的星星
一宿没睡吧
却依然
不见失眠的倦容

是的
我猛地意识到
这就是人生
诗一般的隽永
文一样的亨通
它用质朴和真挚
扶我在悲观中站起

它使我复归自然
从自己中——
渐
渐
苏
醒

与山相遇

假如有人领略过北风的真味
想必他再不会粗野狂吹
假如有人面对一座大山的奇伟
他定然满怀敬畏

与山相遇
抽象感性升华的结晶
标志理性审美的回归
只可能因赋予歌唱或流泪
怎可以为幸运而陶醉
这时候
灵魂震颤着
神情快慰了
而心
依旧这般
沉
静
如
止水
由物及人由人及心

通达的热力充盈体内
领会醍醐灌顶的实质和精髓
简单的方式勾勒出简约的便捷
自然而然才不显臃肿和累赘
别无选择的选择
也许正是最好的选择
关键在孜孜以求
从这里开始
探寻——
大
山
的
深邃

与山相遇
完全不同于走在街上
撞上了哪个熟悉或陌生的同类
在人群中忍受簇拥
承受推挤的是是非非
且算一种正常行为吧
谁踩了你的鞋跟伤了你的脚背
千万别做针尖样的小气鬼

而置于时间与空间

——之间

与山并立

以爱反馈

却让你的爱

在亮色下坦露真诚

在真诚中不显卑微

更让你的血

在热度下保持冷凝

在冷凝中持续鼎沸

因为

融入山的境界

源系海的思维

那场足够轰轰烈烈的造山运动

也许不过些点滴和细节的荟萃

但即便一个生活微观的奇妙

却常常关乎生命宏观的方位

物我正在同化

人山永远依随

仰视高度又崇尚庄严

向往深层愿服役智慧

由心及魂由魂及神

让也无风雨也无晴
变成
亦无荣辱亦无悔

复以微笑

每天清早
我起床
你也跟着
过来问好
像天安门升旗
庄严的仪式感
让人心
总是那么
活蹦乱跳

还有每天晚上
我们从外面回来
开门的时候
你在家门口
"喵"的一叫
等我们进屋
你先用脸
轻轻贴一下
主人小腿外侧
仿佛来一个

小小的拥抱
然后呢
你转过身去
从不多一点打扰

就这样你来问好
问我今天阴雨
而且休息
干吗
还要起早

我忽然感到抱歉
小猫
我答应你的诗
还没有腹稿
你是不是
以为我
会把承诺忘掉?

渡口

就是那只曾经漂泊的船
如今成了停靠浪痕的岸
营造一道城市的风景线
非常非常特别特别亮点
未必光芒四射辉煌灿烂
却使生活温馨生命陶然
且把我的热爱寄托于此
泡一碗匆忙的时光如何
冲一杯过剩的情感怎样
让我的心绪向别处蔓延
忧伤和失意会因你而淡
自得和喜悦不因你而散
有你迎我如初我无所求
而你依旧守候在我心田
不可多得的是你的真诚
难能可贵的是我的体验
渡口——朋友——渡口

深入生活

我想用自己的方式
丈量自己
与生活的距离
沐思想的光
迎接时代的风雨
走出房间
走进车间走在田间
把责任揣在心间
向工人农人学习
怎样更接地气

去发现去捕捉
或浓缩或演绎
灵感多了几分冲动
触觉变得沉稳而老成
足音与心音共振
与回音共鸣
参悟人文亲和自然
体认事物撞碰观念
生命中有难能承载之重

也有不能承受之轻
责无旁贷不仅因为
灵魂不肯闭上眼睛

那么走啊
就让我们一路同行
我们的路
写着五千年的文明
然而劳动力没有人买
生产力价格飙升
这或许正是
新型经济的特征
放下犁的农人再就业的工人
以及重新拿起笔的诗人
能为今天
做出怎样
振聋发聩的呼应

诗人原本是
工人和农人的亲弟兄
像树是森林的部分组成
无论昨今明后
诗人的名字

应该是地地道道的老百姓

真该很好体验一下
从哪里吹来的热风
只要别处还鲜活着一片绿野
想到达太阳的故乡
可以面朝光辉的笑容
诗歌让希望和希望
以希望的名义重逢
把自己放在一条
希望的路上
很有希望地向前走着
坚信自己面对的
绝不是时间的阴影
而是智慧继续生长的
与命运的抗争

是那热风
几乎就察觉不到的热风
如同绿遍城乡的树叶
天籁般弥漫空中
亲切细密的语调
你可曾听得懂

自信展平一条路的肩膀

梦工厂编织记忆的混纺
使传统的根脉
极速融通互联网
凭借大数据智能化
瞬间链接到云端沃壤
点击发送一份纪念
特邀鲁迅魂归《故乡》
演绎中国神话故事
领略改革开放
最富特色的空前绝响

我看到四十年前的我
是 3D 拓印的肖像
扫一扫先生的二维码
遇见接地气的小闰土
手捏一柄钢叉
捍卫瓜田碧绿
抑或天空的深蓝
圆月的金黄
我与那少年别无二样

只因命运垂青
教会我感悟暖阳
也更加体恤
深冬的萧索悲凉
方得幸存点滴
被贫穷
严重限制的想象

新学期的语文课本
要亲手包起书皮
才算脸面有光
从里到外翻来覆去
唯恐错失真爱
怠慢了哪篇
坚硬或柔软的锦绣文章
一颗刚发芽的童心
总愿钻到字里行间
与好玩的情趣捉迷藏
怎奈未及结识子午卯酉
偏赶上倒春寒
让亢奋的之乎者也们
瑟缩在刻板的学堂
小顽皮遇到了大难题

死记硬背可喂不饱
饥饿的智商
趁河流涌过家门口
摸着石头辨方向
到什么时候能参透
本是无所谓有
无所谓无的希望

我微如原子
形而上无法再小
形而下唯恐膨胀
有形中却饱含
无形的力量
但求青石铭恩
秉承忠厚传家久
弘扬诗书继世长
提防掏空超现实主义
去兑换轻飘的雪花
遮掩半百沧桑
我看到我在我前头
身影坦荡荡
把自己铺成一条路
让我脚底生风

走在自己的路上
走出一条路的自信
展平一条路的肩膀

生活写给我的一组小诗

日月同辉

翻来覆去的一枚硬币

既不需要刻意打磨

也不需要过度擦拭

它握在宇宙的手掌之间

一个面是爱情

另一个面是真理

因为有不一样的光

你可以感受到

金银的重量

而我更想给你的

却是地久天长

清晨时光

我睁开眼睛

就看见跳动的诗行

轻灵而沉静

散发出满满的正能量
投射在我的心上
我想把它发表出来
却不愿意
让美好改变了模样

寄语成长

庄稼拔节的声音
又在我的耳边回响
而我的骨骼
已经难以承受
英雄、乐观，以及
理想的分量
它们是现实以上主义
比传统的主义更真实
甚至
完全可以超越自己
逆境中最好的抵抗

记忆档案

风雨把我当年
出过的墙报
一遍遍地淋湿洗净
和影子一起
和印记一起
卷走了

我天真地表示感激
这给了我更新的机会
可是我不知道
我的那些
被淋湿洗净的笔迹
到底还能不能晒干

我只在那段时间
搞过那样
毫无底蕴可言的原创
都是些粗浅的篇章
只能靠天地收藏

老师，你辛苦了

任时间在你的额顶划过
你把智慧的火种传给渴求者
任脚步从你的责任田走远
你依旧耕耘着每一个昼夜
那根教鞭在你手中是指南针
单调的重复，严厉的提示
总会有个新内容的注解
那块黑板染白了你的青春
你擦擦写写全不在意
仿佛忘记了岁月
——老师，你辛苦了

亲眼见你的小树疯长着欲够太阳
你把兴奋表现得格外沉静
亲耳听你的禾苗正拔节
你很欣慰却因而缄默
不是吗
你的信念如山你的意志如山
你才甘愿做出奉献的选择
你的希望太多你的负荷太多

你才不惜付出太多太多的心血
当然，你有权为之骄傲
谁不曾感受过你生命的爱河
谁不曾吸吮过你灵魂的乳液
——老师，你辛苦了

长大的不管长到多大
走远的无论走得多远
终能体味你无私的亲切
向前的时候
你是引导向前的力
回首的时候
你是咏唱明天的歌
——老师，你辛苦了

彼时此地

一阵细雨
打湿了
暖色的主题
流浪于精神的世界
想清除
虚空的占据
真实忽而陌生
热情少了诚意
彼此相遇
也只是点头无语

生活在此地
获得无须惊喜
失落也别怨艾
一切自有道理
天经地义

也许你该记得
现实
终究还是
理想的兄弟

梦

今天的现实
曾是我昨天的梦
——梦中
我笑过
笑得很甜

今天的梦
曾是我昨天的现实
——醒来
久久回味
无限依恋

今天的现实没有笑
今天的梦,没有
继续到天明

梦你,情海之湾

从那一夜
我开始感到孤独无边
仿佛跌入汹涌激荡的浪谷
难知自己身居何处
眼睛里
充盈着离奇的意念
一切,都消失在
你之外神之外幻境之外
一切都隐没于你笑脸的后面

可是此时你已经离我而去
离我很远
我的目光照不亮你的归期
亦够不到我的心愿
期待你,我成了一株
情深意切其苦难言的相思树
想象你,怎样挨过
我们分别的日子
向着我的方位沉静呼唤
我确信,天地间没有你

或没有我的存在
对于你以及对于我
都是生命的痛苦。当然
你不在我身边或我不在你身边
对于我以及对于你
亦无疑是一种生命的缺憾

从那一夜
我开始梦你成情海之湾
我的周身刻满着浪痕
我的脉管里注入了
海之情愫海水之蔚蓝
——我在向你划行
那暗礁后面隐藏着什么
那漩涡之中潜伏着什么
还有那罡风夸张着什么
这些我很清楚。可是这些
威胁不足以使我怯懦
更不至于
令我青春的小船抛锚搁浅
因此我信心如初意志愈坚
桅挺直帆高悬双桨劲摆

不到你

我的航程无尽我的月亮永无圆

——你是我忠贞不渝的爱

你的爱是我别无选择的岸

知音

一棵树
孤独地站在荒原
站在荒原很久
情感
变得比荒原还荒

不长草的天空不荒
不荒的天空
和荒的原野间
飞来一只孤独的鸟
鸟的叫声凄冷无色
被风吹散又顺风飘落
——也很荒

后来
树于不觉中
筑就了一个鸟巢
那巢口是树敞开的心窗
鸟
从此获得了安息之处

拥有了
烈日下的一片阴凉
就不再漫天乱飞乱闯

树和鸟相依为伴
总有歌唱
孤独和孤独挽在一起
演绎而成欢快的乐章
鸟接受了树给的休止符
鸟为树编织了一双
想象的翅膀
于是
鸟和树同时感到
知己者是太阳
太阳燃尽了无边的寂寞
知音者是月亮
月亮悬于生命的高空
不落
心里盛满了圆圆的冀望

爱的感觉

似梦。非梦
醒,却朦胧
当真神经过了敏?
身心融于迷离地境

讲不清,道不明
恰置十里云雾中
亲近?疏远?
似有若无。眼前
尽些幻影浮动
仿佛抬手可触
抚去
却两手空空
于是茫然摇头叹
——如梦

定格

衣服有褶也展不平了
身心的疤痕没办法涂抹
皱纹爬满经年之绪
曲曲弯弯流成河

记忆里有浪击礁石
浪不沉默石沉默
石立于岸,据说
是在期待着什么

或许是因为浪
礁石才变得愈加顽强
或许是因为浪
礁石更坚定了自己的性格
尽管被冲走了几多岁月
而对于永恒之物
岁月只能是
一部内涵无限的诗集
必须在最深的阅读中
方能体会深刻

所以
无论那浪汹涌出何种险恶
礁石决不妥协——
只要自己不妥协
初心就不会被吞噬
良知就不会被淹没

以守望的姿势
站成风景
生命的意义这样选择

我被爱情深深刺痛

当我用双手把爱情摔落在地
当我的爱情成为一个破碎的花瓶
痛苦的我呀
在那样的时刻几乎忘记了自己的姓名

爱情的花束怎么变得如此陌生
我被爱情深深刺痛

曾一度准备为爱情做出任何牺牲
为获得爱情也曾付出过无限忠诚
我那万言爱情的信使此时缄默不语
字里行间闪烁着流星般失神的眼睛

一棵枝叶伸展的树,隐没于
这个缺少理智的黑色中
一枚青涩的果实,正悬挂枝头
令人心颤地发出阵阵哭泣之声
我的心我的爱情我的生命
我的悔我的恨我的冲动与冷静
时间把我包围。一下子让我的伤口

浸出大片大片的殷红
我还能说些什么呢
我已被爱情深深刺痛
我已把爱情重重地撞碰

一次火山爆发之后复归平静
今夜里，再难找寻往日的笑容
这就是生活吗？这就是现实吗
面对这一切，是否该重新理解人生
爱情啊，我祈祷，我祈求
别再将我拥有的那份感觉深深刺痛

是谁在陪伴我
是谁在祈祷和悔过中，与我
共同等待天明

偶得

1

说青春像早晨的太阳
是说青春
富有生命力和创造力
而早晨的太阳
属于每天那一黄金般的时刻
青春,在人生的影集里
却不会重复

2

不管怎样掩饰你的年龄
时间的流逝
终不会停滞
人生的影集里
属于青春的
只有一页
就如同天地间

不可能太阳与太阳重逢

3

走路时
只把目光投向远处
容易被脚下的障碍绊倒
只把注意力
凝聚成一米内的光束
会慢慢偏离
清纯的当初

4

面对现实
就应该承认现实
理想主义
到什么时候
也成不了现实的尺子

5

同一条路
别人走是别人的
自己走是自己的
不爱不去走
是爱就追求
别人走了不一定追求到
自己走了
就一定要坚持到最后

6

别人走路跌了跤
未见得此路不可行
别人走另一条路
摘取了成功之果
未必你也得重新选择

我也长春

我也长春。长春
绿我情丝缕缕
别人不懂
我的这颗长春心

果是血汗凝就
悬在我的枝头
只因尚未熟透
暂且留存

阳光,给我温馨
拉长的诗韵,任你品
我蕴涵的那份情感
永远流不尽

待到果红香飘时
我自会慷慨奉献
于是
长春,我也长春

我的鸟儿问答

我在一张透明
或半透明
或不透明的
天空下
写下我
全天候的问候
写出我的心情
写着我的
鸟儿问答

我不想把真诚保留
我不该隐藏
自己的所有

我是一颗初心
有时跳得急切
有时跳得缓慢
不管怎样
我不能分分钟的停歇
即使我累了

我还是要坚持
坚持坚持再坚持
前行的路上
哪有那么多安逸
有的是
一次又一次
似是而非
深浅难测
让人琢磨不定的
抉择与守候

如果你不甘于
就那样
像一只秋后的蚂蚱
死寂于秋后
像一根兔子的尾巴
也不肯再长了
对于复发的痼疾
完全放弃治疗
或者把治疗
搁置于脑后
那么就继续吧
那一个神奇的拇指

就是你的追求
否则
你害怕了
你枯竭了
你骤停在
一个没有结果的结果
这样做
你的家人知道吗
你是不是应该
应该再考虑一下
问问内心的忠贞
问问自己的脑袋
到底是天大
还是地大
到底是海大
还是山大

梦里西班牙

你妈说
刚才
你在微信里叫我
我睡着了
现在
你又去飞了吗?
听你妈说
父亲节
你从西班牙
给我买了一把
西班牙吉他
我还没看到
他长什么样呢
但好像
我在刚才的梦里
见过他

还是不说谢谢吧
女儿你忙
不用牵挂家

你的小猫小冒菜
整天陪着我
陪着我和你妈
我们互相陪伴
感情融洽
我那把老吉他
也是你买的
现在弹习惯了
你知道的
我即使再弹
也弹不出来个
像样的
西班牙
你也知道我的向往
不过不急
慢慢地来吧
只要喜欢
我就能
一点一点
弹出
吉他的泪花

等有一天

我弹一首自己给你

一定是自己

我相信

你一定不会点赞

而是问我一句

——爸呀

你觉得

西班牙好吗?

为劳动的人民而歌

当生命的太阳与智慧的火花撞醒这个世界
当树叶的新绿与和风的温馨证实这个季节
在晨曦,我发现五月的蓓蕾绽放起笑
感到春天的意绪喧嚣如潮把惰性的安逸冲破
远方,有勇于开垦处女地的一群正涌出地平线
还有善于创造性思维的一群也应召而来了

他们抖擞精神呼着悠长的号子走出神农架
拉紧世纪的纤绳步履蹒跚走出梦境的旋涡
他们俯首而播汗滴成了极不安分的种子
怦怦然心律的跳动与时代的脉搏最相和谐
一步跨越五千年一个脚印是结论一个脚印是开拓
时间对他们的热恋产生于他们的不甘寂寞
历史授予他们一个最荣耀的称号叫劳动者

把所有衷情洒进黑土地红土地黄土地
用全部忠诚耕耘黑土地红土地黄土地
为整个人类收割黑土地红土地黄土地上的丰硕
相信,东方龙的基因在这一国度随处可生甜果
不愿固守田园因而手擎蓝天寻路寻理想之所

为探求盘古怎样开天宁肯肩挑万里山河
风雨侵袭使骨骼愈坚也深化了遗传的肤色
又何必解释额际的皱纹暗喻或者象征什么
翻开厚重的手掌能让人领悟它创造奇迹的伟力
细读山岳般的老茧也会体味到岁月的坎坷
所有这一切都大写着一个亘古的概念固定的法则
天地间真正的风流人物是数也数不尽的劳动者

面向秋天,只有劳动者敢明朗宣言大胆承诺
对于未来,只有劳动者才甘做责无旁贷的选择
劳动者在劳动中实践想象完成想象伸展想象
劳动者在思索中丰富着多姿多彩多美好的生活

牵手

一

漫步故乡老街口
神清气爽人怀旧
母亲牵着我的手
牵回记忆小河流

多少时光多少爱
多少守望多少忧
多少风雨在身后
洗净蓝天吹绿柳

二

徜徉昨天家门口
重温年少浪遏舟
游子牵着母亲手
牵动暖流涌心头

多少思念多少盼
多少乡情多少愁
多少眷恋在梦里
融化冰雪织锦绣

报纸读编剪传

读

我是报纸大学
少年班的小老弟
只是我们那个班级里
没有固定的老师
也没有
不需要固定的桌椅
有的是一面
又一面的墙壁
我们上课
可不是为了面壁练习

还有天棚
像变幻的天空
每年都有几个季节
从棚上降下几场
像样的毛毛雨
到时候
母亲就会组织我们

一帮兄弟姐妹
七手八脚七嘴八舌
刷新
粘贴
复制
点击
一次次重构
爸爸从大队带回的
旧报纸学习题
那是一次次
重要不重要的
学习会议
是一次次不发证书的
毕业考试

不必在乎高分低能
也无须因为
低分不能过意不去
这些属于
形式主义的东西
在我家的报纸大学
没有一席之地
就这样我们读大了

学大了
不知道是不是因此
耽误了我后来的
学历教育

编

在编报纸以前
我还编过墙板体
大概算是半月刊吧
是彩色的纯手工技艺
图文并茂的
倒像是一种创作游戏

那是部队营房的墙上
有一块
用水泥刷出来的版面
归我自己管理
我想更新就更新好了
如果一时延期
也不至于
影响了大家的情绪

有一次我正站在梯子上

写着画着

万里长城的垛口

和《霍元甲》的谱曲

回过身来

忽然发现指导员

一边看着

一边点头赞许

——可要注意啊

需不需要我来帮你?

后来脱下军装

成了一个职业编辑

编副刊特刊

也编新闻专题

此后的一段报纸生涯

到现在

也不算游离

剪

把旧报纸剪了

和把书剪了不是一回事
剪报纸的学名叫剪报
剪是因为重要
剪是为了把旧报留好
剪下来再贴起来
贴成一本书的模样
篇章结构的问题
可以根据剪刀的思考

我的剪报本
还是多年以前的创造
小说散文诗歌
还有杂文通讯报道
分门别类地集合
像当年在部队里的连排班
每一张面孔都很熟悉
打开来看的时候
风儿吹送墨香的味道

剪报曾经陪伴我多年
和我一起翻山越岭
一起走过独木桥
现在它也该休息了

如果不是特殊的需要
我也不多打扰
但它一直存放在我心底
这一条
比什么都重要

传

现在的报纸
和以前不可同日而语
比如《长春日报》
是地地道道的融媒体
你要想读
不用再去寻找
街口的售报亭
已经撤掉
也不必等着投递员
风尘仆仆送消息
你只要一个点击
或者发一个链接
你就是投递员传导器
你也可以说点什么

没关系

这样的评语
不加花边
但你和报纸
可就成了
往来密切的亲戚

数字化的时代
确实有几分神奇
远远比匮乏的想象
还要富有诗意
你一传就能传到国外
甚至可以
直接
传到人的心底

特别快车

独自于失眠的床上静坐
斗室成了我的包厢
空洞充满整个世界
一切消失在想象之外
没有任何色彩演染烦躁
这栋房子是列特别快车
载着特别动人的乡情
载着特别感人的细节
正疾驰穿行于夜的隧道
无声地碾碎时间的法则
那乡情很浓很重很生动
那细节使万物绿意婆娑

此时我极力制造某种氛围
默然拒绝光的照射
流浪的我在窗内急成风
流浪的风在窗外追随我
窗内窗外
心绪无规律游离
思念如繁星在空间闪烁

有形态各异的影子纷至沓来
从紧闭的门窗和墙走进我
我体味到慈母的音容最亲切

悠然于千里之遥回归
我用热泪洗去征尘
我把苦衷埋入笑靥
到家了才到了我神往的终点
到家了才了却一份我久远的夙愿
于是向特别快车挥手致谢

这车我不知乘过多少次
这梦我不知能编多少歌
无论醒时睡时
我在车上都不会感到寂寞
哦，特别快车
是我用赤心牵引的专列

红辣椒

家乡黑土地上长出来的红辣椒
家里前阳台上晒出来的红辣椒
红辣椒的红独一无二红得辣眼
红辣椒的辣说一不二辣得红眼
把充足的阳光凝结成一串一片
让火红的日子从此红透半边天

生活的滋味如此这般用心体验
把红辣椒放到嘴里再细嚼慢咽
辣得夸张辣得出汗也辣得香甜
越嚼越发现辣没什么辣很简单
辣不若苦受制于各种客观条件
辣完全自主只看你喜欢不喜欢

妈从不吃辣椒哪怕只是一点点
但妈从前喜欢种植辣椒在小园
只不过那样的好时光已经走远
实际上那样的好时光更觉艰难
如今老迈早已告别了抱柴做饭
但红辣椒没有变还愿和她做伴

感叹

日子重复着无休无止
一层一层把旧事覆盖
记忆能像春笋再发芽

自己重复着无可奈何
一圈一圈年轮又增加
恍惚中竟白了鬓边发

孑然漂泊孤独走天涯
岁月里喜忧皆念故土
等待向往开成浪之花

说月是镜非痴人说梦
月圆月明在心宇悬挂
照相思树摇落深情话

不论感慨也罢叹也罢
现实不相信离愁别绪
只把归期显影在面颊

橄榄

因为远离
便常有种孤独的感觉
孤独难耐
因为孤独
而默认自己是树
是摇曳的梦之树荒原之树

于是思念
莫名其妙地成了
树上的青橄榄
悬荡不安

因为思念
而一次次于静夜中
咀嚼
那枚酸涩苦口的乡情
乡情尽管酸涩苦口
可咀嚼起来
会品出
别样的元素在其中蕴舍

——那才是乡情

因为乡情
几回回误把花期当归期
误把春燕当鸿雁
但无论如何
终会有股什么风
把那棵
朦胧似梦的树
吹倒下去
可橄榄还是那枚橄榄
乡情不散

露珠

我说
你是游子眼里
默默滑落的乡情
晶莹莹亮闪闪
意切切情绵绵

你说
你是雄鸡啼鸣时
悠悠震落的晨星
为昨夜的朦胧打句号
省略串串朦胧的语言

我说
你是游子心头
轻轻滴落的思念
虽然晶莹莹亮闪闪
却情也切切意也绵绵

你说
你是浩瀚大海

静静失落的记忆
才有幸拥抱这多彩世界
在草地上书写自己的灵感

我说
我就是你
你说
你就是我
你是我的笔名
我是你的新篇

苦夏

电风扇以最高转速指控太阳
雨伞们在阴暗的空间支撑一方晴朗
鸭舌帽被热汗浸透了摇头慨叹
咬人恼人的蚊蝇越发丧心病狂

不能入梦的夜晚煎熬难当
情绪比星星繁思绪已不知去向
难怪无病呻吟者无病也呻吟
难怪有病者不以为病反以为常

记忆里夏天盛满七色冀望
风也轻柔雨也和顺花也芬芳
彩蝶舞成趣，溪水流成歌
树荫下有几多醉人的清爽

然而现实所有的饮料都不解渴
啤酒里加冰块儿还是不比冰凉
对镜读自己面目瘦了又瘦
于是认定夏是苦夏夏太漫长

什么时候苦夏变甜能像彩虹一样
怎么能使夏天不苦雨天晴朗
如此夏天的日子才更有诗的意象
喧嚣声不再喧嚣和谐如乐曲悠扬

慈母颂

慈母堪比一苍松,
气傲骨拔万年青。
也曾冰霜风雪雨,
甘沥心血笑峥嵘。
迎来春暖原野绿,
老骥伏枥夕阳红。
八十长路刻足印,
苦难辉煌夏秋冬。
蓦然回首偿所愿,
福寿安康慰平生。
身教晚辈志高远,
言行如初品自成。
勤俭刚强天地鉴,
安贫守道不图功。
和善友好睦邻里,
贤德润泽旺门庭。
知恩图报念人好,
四方八面荣辱共。
忠厚传家久敬崇,
诗书继世长中兴。

父亲临走,留下一把钥匙

父亲没能挨过那漫长的冬季
顺着哈尔滨松花江畔的一股暖流
借阳历年
第六次晨曦将至的夜路
——西去
悄悄地,走了
不再理会
马年来临是否会有倒春寒
以及他八十大寿的
预约和慰藉

西去,全无归期
从此我的父爱成为记忆

父亲走之前
有大半年病卧不起
严重到肌体功能几近丧失
令人不忍的是
那时候他自己心里明白
癌,扛也扛不过的

有些自然法则
终究无药可医

而他真的不愿离开
像从前那样，顽强地活着
艰难地度过每一道关隘
哪一次，都不亚于
绝地中的生生死死
且不说十六岁时的小小年纪
骑马送信抄写公文
专侍其时其地的县委书记
且不说抗美援朝有过履历
抑或大炼钢铁写过传奇
后来被错划遭遇下放了
他不擅长地垄沟找豆包儿
靠的是为乡亲写对联
给村里大队当会计的笔
和上山采石用的锤
两个最不起眼的工具
与母亲共同吃苦耐劳
维持一家老小
三代人的生计

赶上逆流注定难以排斥
他宁肯把遗憾留给自己
从那时起
一个原本爱说爱笑的父亲
爱打篮球乒乓球
也会吹口琴拉二胡的父亲
变得愈发的少言寡语
如同从小东山上采下的青石
用倔强和缄默述说历史
即便被撞出火星来
却不肯吐一口憋足的怨气
落实政策那会儿
很多人替父亲费了很多心思
可还是阴差阳错
让全家与好政策失之交臂
但爸爸好像无事发生
不是都过来了吗
你看啊——
他满心骄傲地
给你从大到小数一数
膝下的八个儿女
身材高挑却并不健壮的父亲
似乎从来都没觉得

养活这一帮儿女
有多么的困苦和不易
常用一句
挺乐观挺俏皮的话说
这辈子就没做过亏心事
只要天老爷不按脑袋
——咱有的是力气

现在，孩子们都已成家立业
儿孙满堂如胶似漆
忠厚传家久
诗书继世长
族谱中的香火
一代代延续
就这样父亲在延续中老迈
以至于病入髓液
无从救治
他呢，还是一如既往
就那么忍着，撑着
一切痛苦都不在话下
那份从容与宽厚
胜过任何一种表达
是父亲最平凡

最伟大的释义

在他形如枯槁的最后日子
身在异地他乡的儿女们
赶回来陪伴相依
当我将少许松软的冰淇淋
尝试着送入父亲的嘴里
想清爽一下
他难以下咽的那份感知
陡然间我发现
父亲脸上显露一丝眷恋
内侧眼角，忽地晶莹出
两颗鲜活的
泪
滴

哦，就在我昨夜的梦里
清楚地见到了父亲笑容可掬
恬淡的神情如常
衣着合身得体
分明是在一切料理妥当之后
即将出门远行

走的时候,留下来一把钥匙

那是一把系着红线绳的钥匙

规规矩矩、安安静静地

摆放在那里

像父亲那张放大的遗像

质素简约的目光里

透着深情与悠远

亲切祥和

贵而端庄

富含启迪

我的眼前豁然一亮

除了片刻迟疑

没有去想为什么

临了,父亲留下一把钥匙

梦醒时分,我起身写下

这首怀念父亲的诗

算是为父亲点的一支烟

不会影响他的身体

当然,也不必去翻阅弗洛伊德

试图为自己的梦

做出任何解析

等待你的消息

等待你的消息
不同于等待戈多
那么荒诞离奇
等到最后
谁也没有来
谁也没有去

等待你的消息
是乡间的小路
村头的大树
遥望你的身影
倒数你的归期

等待你的消息
不着急
也无怨艾
知道你的路远
还肯定带着
出门时的行李

献给孩子和老人

一

饱经爱情的阵痛之苦
筑成生命的光泽之路
——孩子，你就举步
且让你的想象
从我伸向明天
任凭你的信念
沿我走向成熟

一个声音敲击稚嫩的耳鼓
一种精神淡泊惊奇的眼眸
——孩子，你好幸福
烘托你世界的
分明是海洋的情思
召引你心灵的
无疑是渐宽的坦途

太阳升起时你是我折射的光柱
夜幕低垂我为你燃亮启明的红烛

——孩子,你别反顾
有一天当你奔跑着实现飞跃
依旧情系我心根植我土
即使你身在异乡
也还有我瞩目

二

不必详述奇迹尽数辛苦
那终究是一条血火升腾的路
——老人,你没有停步
思想的光芒叠加意象
生动新年的新一天
伟大的时间诠释历史的概念
让你在基因延续中安然睡熟

一种理论胜过晨钟暮鼓
一个故事站在今天回首凝眸
——老人,你缔造多福
冲破桎梏的
冲破了桎梏并做出反思
昭示未来的

横竖都是理想的通途
朗朗乾坤下多少中流砥柱
继往开来我愿以心为烛
——老人，你仔细环顾
新的纪元从头越
赤心不负这方水土
神州处处皆故乡
斗转星移中华明珠何其夺目

给女儿的诗

爸爸现在

每天写诗

每天写

每天都能找到

一个新的

自己

爸爸现在

每天写

诗

每天给我惊奇

每天

我就像

创造

一个美的

故事

爸爸现在

每天

写

诗
每天在思考
人生
这样活
到底能不能
活成
像你这样
一个诗的
天地

"真珠"在我

摘下这颗红豆
好奇燃亮枝头
满树青葱静美
世界玲珑剔透

我也品过乡愁
初觉嚼蜡在口
怎奈痴心不改
真爱终能参透

脚步即是拥有
长路还在等候
怀揣一曲新歌
柔软已被浸透

向北回归

光的箭
直射后背
我的心
似北冥的水
驮着名鲲的大鱼
化作展翅的鸟
逍遥地飞
去南方以南
去世界的尽头
寻找另一个自己
是另一番体会
然后逆风而舞
擦干迷失的眼泪
转身向北

高远的太阳
曾是梦中最美
如果离开了真实
却无法去追
心中有爱

也有丝丝苦味
快意的大海
可以淹没伤悲
就沿着星空的指引
一路向北

黑龙江生长天然的白
长白山流淌自然的黑
山上江边听涛声
江边山上竖船桅
东北风吹
悠长的乡愁
飘移向北
——回归

思想的沃野，精神的家园

这是一片充满希望、充满激情、充满温馨的
——思想的沃野
这是一个富有生机、富有活力、富有快乐的
——精神的家园
这一片思想的沃野啊
让精神插上腾飞的翅膀
这一个精神的家园哟
让思想为生命镀上睿智的灵光

思想的沃野
是何等凝重而深刻，悠远而辽阔
任你自由驰骋，壮志飞扬
精神的家园
亦是如此恬淡
却也如此真切而自然
让你如何作别又怎能割舍
那挥之不去、呼之欲出的
正是这魂牵梦绕、与日俱增的百般依恋
不是吗，沃野
我们曾经播下良种洒下热汗

试图了悟你丰富的内涵
但我们所能感知所能汲取的
不过一粟沧海、一角冰山
不是吗，家园
我们在大踏步地朝前走啊
但无论走到哪里
无论怎样时空转换多么天高海蓝
都有一条无声无形的牵挂
叫作永远永远
无声而常闻，无形而可辨
从永远到永远的
是你那无所不及、无微不至的
是你那祥和温暖、亲和可人的
是你那绵远无尽、源远流长的
关怀的视线
这般无所不及、无微不至
这般祥和温暖、亲和可人
这般绵远无尽、源远流长的
关怀的视线啊
在我们所有人的经验中
在我们所能有的体验中
已经演绎成一道闪烁的光环
那光环闪烁着、跳动着

分明在围绕着一个不变的中心
不断地扩展
以至于全部地覆盖了
这思想的沃野、这精神的家园

是的,这是一片拔节意向成就神奇的
——思想的沃野
思想的沃野从来不生长干瘪的荒诞
是的,这是一个锻造意志升华修为的
——精神的家园
精神的家园从来不缺乏多彩的梦幻

在这片思想的沃野上
茂密的森林参天茁壮
成熟的高粱、莽莽的芳草
列成纵横交错的方阵
在解放思想和统一思想的秩序中
在以人为本和执政为民的境界中
阐释春风化雨有机化合的重要主张
在这个精神的家园里
最浓厚的氛围不需要太长久的酝酿
最浓烈的情感,和理性一样
经得起任何推敲

耐得住所有寂寞与喧嚣的彼此碰撞
创新与实践
创造与守望
一以贯之的主题
是积极、健康、向上

思想的沃野
为我们架设昨天、今天和明天的立体桥梁
精神的家园
为我们确认过去、现在和未来的历史走向

逝者如斯夫
你听，时光在流淌
岁月如梭呀
你看，仿佛后一分钟与前一分钟比肩接壤
血脉相连，薪火相传
后来者的责任，是在继承中
发展和发扬
当我们饱尝又一个三百六十五里的长河涤荡
当我们再一次跨越春夏秋冬的藩篱、高岗
回首凝望
我们正是靠一种思想的光芒
才凝聚了更大的力量

回溯以往
难道不正是靠一种精神的寄托
我们的付出才这样的超乎寻常

记忆的影集里
总会有太多的往事值得珍藏
每一个瞬间每一束花絮
都刻录着我们的骄傲与自豪、欢声和笑浪
人生的履历中
想来有太多的镜头需要重放
毕竟
除了显影定格整理入档的那般轰轰烈烈、辉辉煌煌
还有几度金色年华，无数大好时光
也许，就在当时或现在
我们还没有摆脱稚嫩和肤浅的表象
也许，即便到了将来
我们也难以
完全克服那些属于虚荣与浮躁的种种不当
但是
热爱与敬畏
追求与崇尚
已经在内心深处
幻化为永久的忠诚

凝结成不变的信仰

诗人艾青,曾以他心灵的洪流
奔涌出振聋发聩的千古绝唱
他问:为什么我的眼里常含泪水?
他答:因为我对这片土地爱得深沉!
历史的回音、时代的主旋、生活的交响
这是和谐社会演奏的和谐乐章
民族复兴、国家中兴
这是所有中华儿女的共同理想
思想道德的传承
精神文明的连接
让我们在无限感慨、无比感激
和无时无刻、无穷无尽的感动中
泪流成行

我们感慨万端
真爱无痕,哺育着我们的进步与成长
我们感激万千
真情无价,给我们的头脑和身躯以最多元素的滋养
我们感动万分啊
真水无香,仿佛空气一样不可或缺,意味深长

我的赞美诗

假如我有幸,作为那只啼晓的雄鸡
我将在黎明时分
及时、准确、迅速地
把春天的消息通报四方
假如让我作那个光明的使者
向世界高声引吭
我不会吝惜我的歌喉担心有谁不懂得欣赏
我会唱出我积蓄的灵感、沉淀的意向
我会以我红色火焰般的桂冠
献出我诗句的铿锵和血性的阳刚

这思想的沃野啊
这精神的家园
你是生命的起点,灵魂的故乡
你是母爱的港湾,父辈的臂膀